ওয়ার্ল্ড এন্সাইক্লোপীডিয়া অফ্ কমিক্স্‌দ-য়ের এডিটর মরিস হর্ন কার্টুনিস্ট প্রাণকে ওয়াল্ট ডিজনী অফ্ ইণ্ডিয়াদ আখ্যা দিয়েছেন। ওনার রচিত কমিক্স প্রজন্মের-পর-প্রজন্ম ধরে দেশের নদযুন্তকদের সাথী হয়ে থেকেছে। তারা প্রাণের সৃষ্ট চরিত্র চাচা চৌধুরী, সাব্দু, শ্রীমতি জী, পিঙ্কী, দিল্লু, রমন ইত্যাদির মনোরঞ্জনের ভরপুর আনন্দ উঠিয়েছে। ওনার ফওও-রও দেশী টাইটল্‌স মার্কেটে দিক্রী হচ্ছে এবং স্ট্রিপ্স্ দেশ কিছু ন্যুজ পেপার্সে প্রকাশিত হচ্ছে। চাচা চৌধুরীর ওপরে তৈরী টি.ভি. সিরীয়াল লাগাতার ঠওও এপিসোড পর্যন্ত এক প্রমুখ টি.ভি.চ্যানেলে দেখানো হয়েছে। দিশেদর দেশ কিছু দেশে সফর করা, সেখানকার কন্ফারেন্সগুলোয় কার্টুসের ওপরে ন্তক্রন্দ প্রদানকারী প্রাণকে ন্তলিমকা ন্তক অফ্ ওয়াল্ড রেকর্ডস্‌দ ন্তপীপল অফ্ দ্য ইয়ারদ সম্মানে সম্মানিত করেছে। ঔঅর্থট সালে ওনার কমিক ন্তক – ন্তরমন, হম এক হ্যাফ্দ-য়ের দিমোচন দেশের তংকালীন প্রধানমন্ত্রী শ্রীমতি ইন্দিরা গান্ধী করেছিলেন।

– প্রকাশক

কেউ-না-কেউ তো রোগী অবশ্যই হবেন।

আমি চেক্ করছি।

তোমার দিদিমা বৃদ্ধা হয়ে পড়েছেন। এনার দাঁত নিশ্চয়ই খারাপ হবে... আমি চেক্ করছি।

দিদিমা... মুখ খুলে দাঁত দেখান।

দাঁত দেখানোর জন্য মুখ খোলারি কোন প্রয়োজন নেই।

নাও... দাঁত দেখে নাও।
!!

তোমার দাদু নিশ্চয়ই অসুস্থ হবেন।

আমি ওনাকে চেক্...!

.. করছি! আউ!
ভড়াক্!!

ভড়াক্ ক!!
ওরে!

ডক্টর বোস!
আপনি ঠিক আছেন তো?!
আ... হ... হ্যাঁ!

হ্যাঁ, আমি ঠিক আছি।

আমি তোমাদের বাড়ী থেকে রোগী খুঁজে, বার কুরবই। এই কাঠবেড়ালী!
কুটকুটের কিছু হয় না।

এমনটা বোল না।

হতে পারে, এ হয়তো অসুস্হ।

আমি চেক্ করছি।

চিঁ ! !

আউ !
আহ হ !

ভড়াক্‌ ! !

আউ উ !

আমি কোথায় ?

অভিনন্দন, ডক্টর বোস !
আমাদের বাড়ীতে আপনি একজন রোগী পেয়ে গেছেন।

আর সে হচ্ছে আপনি নিজে !

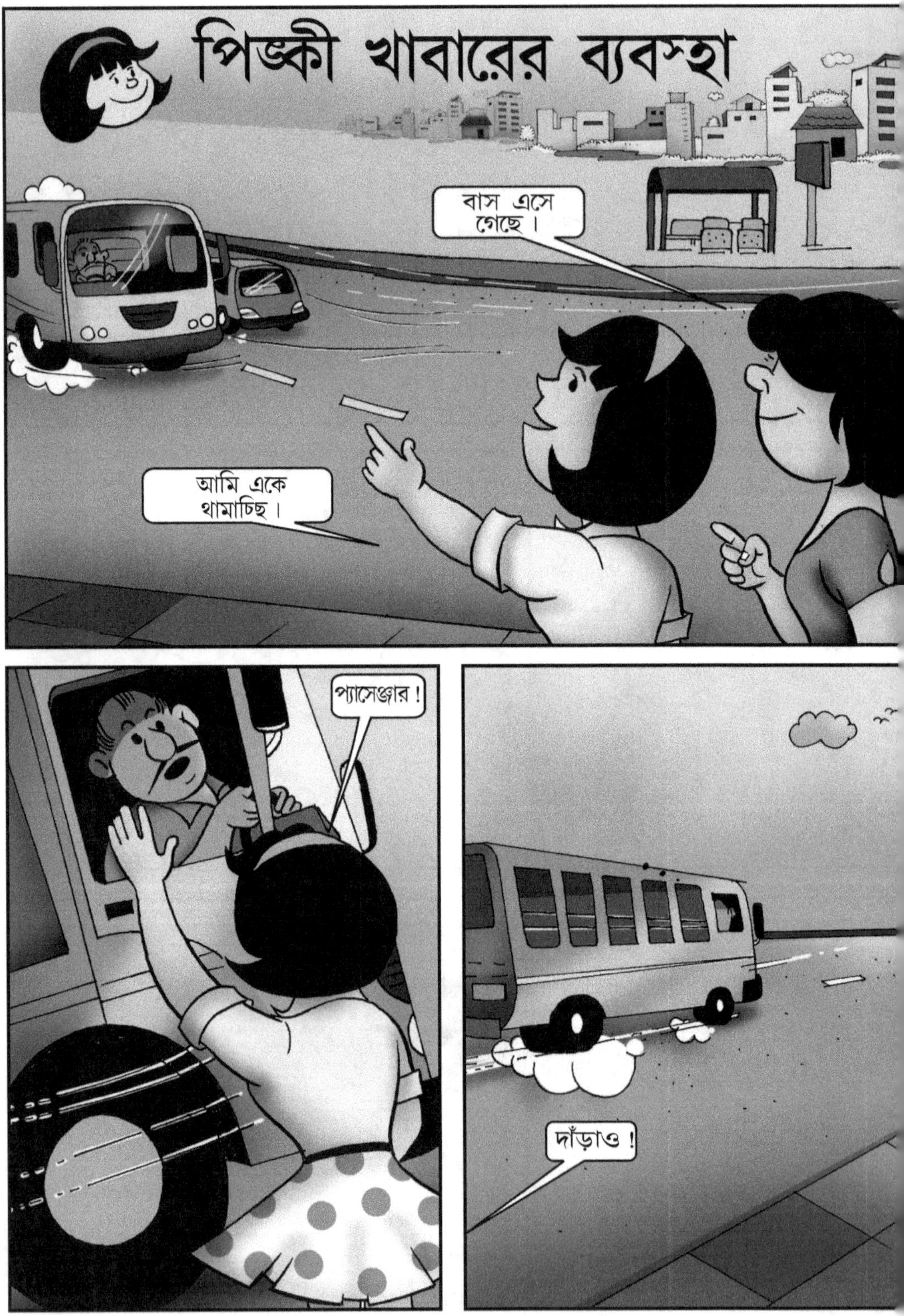

পিঙ্কী খাবারের ব্যবস্থা

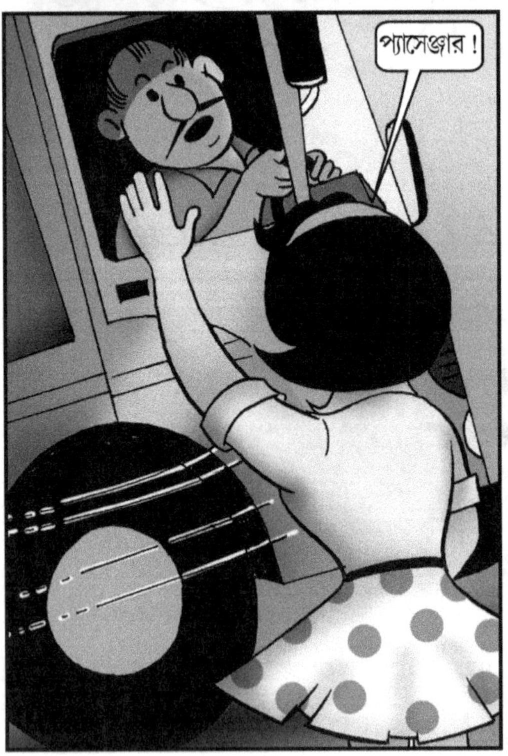

চিঁ ! !

কোথায় যাবে ?
কোথাও নয়। আমরা দুজনে বাজী লাগিয়েছি যে, এর পরের বাসের কণ্ডাক্টরের গোঁফ থাকবে।

তাই আমি বাস থামিয়েছি।

আমি বাজী হেরে গেছি... আপনার তো গোঁফই নেই।

এবার আমার ক্ষিদে পাচ্ছে, পিঙ্কী !
সামনে সুহানা আন্টির বাড়ী। চলো ওখান থেকেই কিছু খেয়ে আসি।

না, বাবা... না ! তুমি সুহানা আন্টিকে চেনো না। উনি কথায়-কথায় রেগে ওঠেন।

তারপর রাগের মাথায় হাতের কাছে যা পান, তাই ছুঁড়ে মারেন।
তাই !

আন্টির সামনে প্রচুর ফল রয়েছে।

মনে হচ্ছে, আমাদের খাবারের ব্যবস্থা হয়ে গেছে।

হাই, পিঙ্কী !
হাই, সুহানা আন্টি !

আন্টী ! আপনার নাক দেখে আমার একটা ভালো জিনিষের কথা মনে পড়ে যায়।
আচ্ছা... কি জিনিষ ?

পকোড়া !

গুর্ র্ র ! পিঙ্কী, তোমার এত বড় সাহস ? !
আমার নাক পকোড়ার মত ?

গুর্ র !
গুর্ র !
গুর্ র !

ক্যাচ কোর !

গুর র!

ব্যস্, সুহানা আন্টী!

আমাদের খাবারের ব্যবস্হা হয়ে গেছে।

প্রাণ
চাচা চৌধুরী
আর
ক্রিস্পীর জাদু

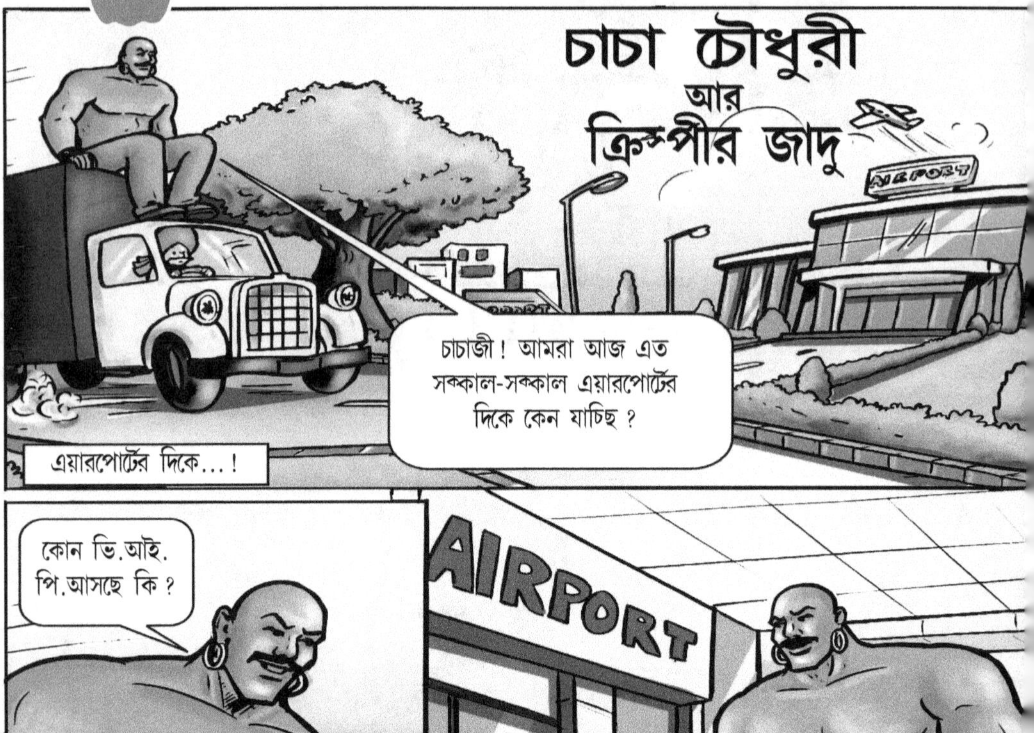

চাচা চৌধুরী
আর
ক্রিস্পীর জাদু

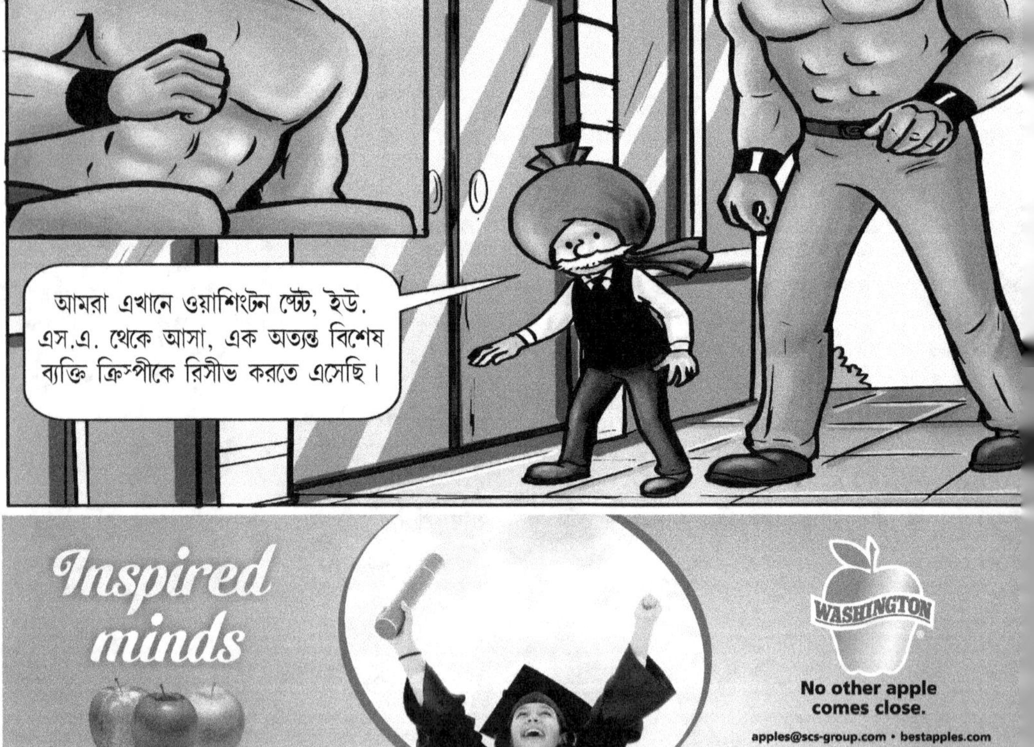

WASHINGTON

...র আগে তো আমি এই নাম কখনো শুনিনি।

ওয়াশিংটন স্টেটে বিশ্বের সর্বোত্তম আপেলের চাষ হয়।

...্যাসিফিক উত্তর-পশ্চিম আমেরিকা, ওয়াশিংটনে 1,70,000 একর এলাকা জুড়ে বিস্তৃত আপেলের উৎপাদন ক্ষেত্র।

ওখানকার আপেল বিভিন্ন প্রকারের, স্বাদের আর রং-য়ের হয়।

আপনার তীক্ষ্ণ মস্তিষ্কের রহস্য হচ্ছে একএক আপেল এক দিনেই খাওয়া!

ওখানকার লোকেরা সমুদ্র পৃষ্ঠ থেকে 3000 ফুট উচ্চতায় তাজা আর খনিজপূর্ণ জল দিয়ে আপেলের সিঞ্চন করে।

Tasty delight

WASHINGTON
No other apple
comes close.
apples@scs-group.com • bestapples.com
facebook.com/WashingtonApples.India
twitter.com/WApplesIndia

WASHINGTON

আমার খ্খিধে পেয়েছে !
ত্র যে, আমাদের অতিথি ক্রিস্পী !
ভারতে তোমাকে স্বাগত জানাই !

WASHINGTON

WASHINGTON

বিশেষ সূত্র থেকে আমি এটা জানতে পেরেছি যে, ক্রিস্পী আমেরিকা থেকে ভারতে এসেছে।

ওর অপহরণ করে আমরা ভালোমতন টাকা উসুল করতে পারি।

দাঁড়াও... আমরা ক্রিস্পীর অপহরণ করতে আসছি।

আমরা শুনেছি যে, তুমি ওয়াশিংটন স্টেট থেকে আপেল নিয়ে এসেছ।

ওটা ডগডগের পেছনের দিকে রাখা আছে।

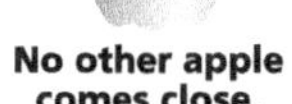
WASHINGTON

Washington Apples are a delicious source of dietary fiber which helps aid digestion and promotes weight loss.

WASHINGTON

হুবা... হুবা !

ধডাক্ ক্ !

স্যররাট্ !

WASHINGTON
No other apple
comes close.
apples@scs-group.com • bestapples.com
facebook.com/WashingtonApples.India
twitter.com/WApplesIndia

Washington Apples
contain almost zero
fat and cholesterol

ওহো হ!
ধ্ডাক্ ক্!
ভ্ডাক্ ক্!
আড্!
আমি একটা আপেল খাচ্ছি।
ক্রিস্পী! ভারতে তোমাকে স্বাগত জানাই!
ওরা কোথায় চলে গেল?
সোজা ওয়াশিংটন স্টেটের জেলে!

Washington
Apples
Wholesome health
Healthy eating doesn't get better than this.
Every bite of Washington apples is filled
with juicy goodness.
So go ahead, take another bite!
apples@scs-group.com • bestapples.com
facebook.com/WashingtonApples.India
twitter.com/WApplesIndia
WASHINGTON
No other appl
comes close

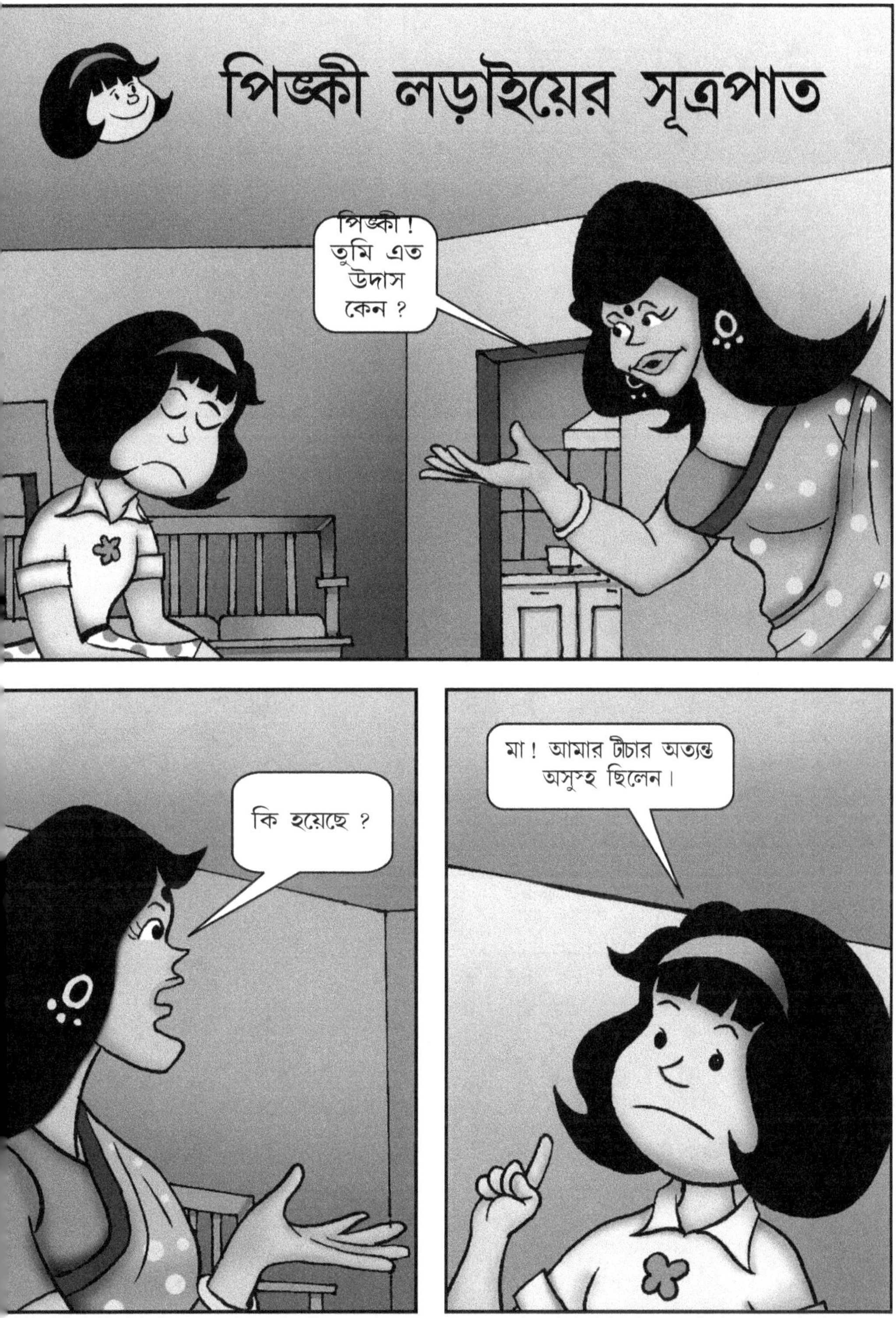

পিঙ্কী লড়াইয়ের সূত্রপাত

তাহলে উনি কি আরও অসুস্হ হয়ে পড়েছেন ?

না !

একেবারে সুস্হ হয়ে উঠেছেন।

উনি আমাকে এক জরুরী হোমওয়ার্ক করার জন্য দিয়েছিলেন।

যেটা আমি এখনও পর্যন্ত করে উঠতে পারিনি।

উদাসী ত্যাগ করো,
পিঙ্কী !

হোমওয়ার্কের টপিক জানাও...
আমি তোমার সহায়তা করব।

টপিক হচ্ছে – লড়াই শুরু
কি ভাবে হয় ?

এটা কি খুবই মুশ্কিল বিষয়, বাবা ?

না-না ! আমি জানাচ্ছ।

কল্পনা করো যে, তোমার মা আর তাঁর এক বান্ধবীর মধ্যে কোন শাড়ীকে কেন্দ্র করে বিবাদ হয়ে পড়েছে।

এক মিনিট দাঁড়াও। তুমি এমন ভুল উদাহরণ বাচ্চাদের সামনে কেন তুলে ধরছ ?

একে তো বাচ্চাদের খারাপ করে তোলা বলে।

দেখো... আমি বাচ্চাকে মোটেই খারাপ করে তুলছি না।

অবশ্যই খারাপ করছ।

চুপ করো তুমি।

তুমি চুপ করো।
তুমি চুপ।
তোমরা দুজনে চুপ করো।

আমি বুঝতে পেরে গেছি যে, লড়াই-য়ের সূত্রপাত কি ভাবে হয় ?!

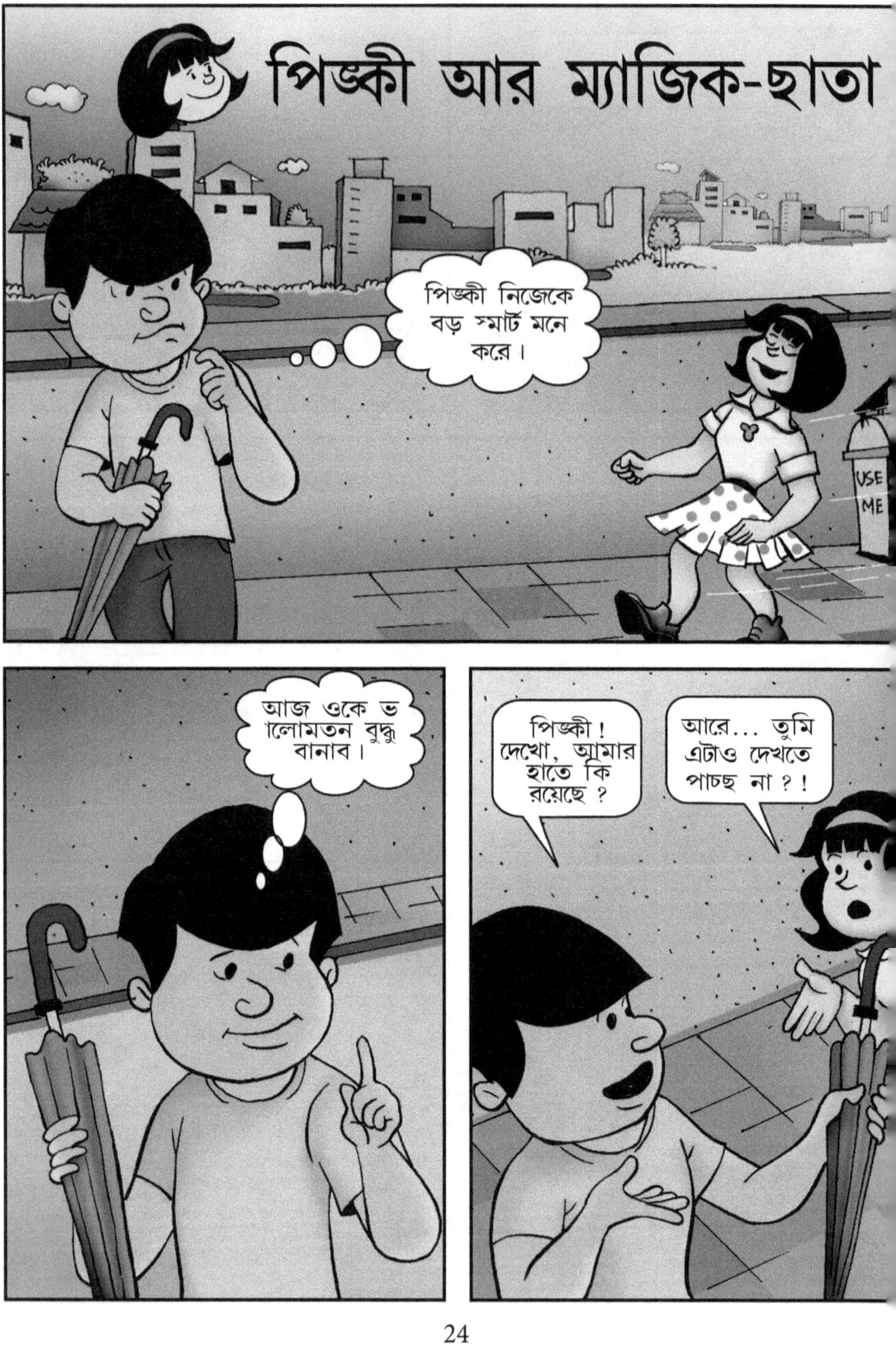

পিঙ্কী আর ম্যাজিক-ছাতা

এটা হচ্ছে ম্যাজিক-ছাতা !
লাল রং-য়ের ছাতা !

এর নীচে যে আসবে, সে কেবল তোমার ব্যাপারেই চিন্তা করবে।

এটা তুমি নিয়ে যাও... সন্ধ্যায় ফেরত দিয়ে দিও।
ঠিক আছে।

রোদের থেকে বাঁচার জন্য ছাতা !

আমি কি তোমার ছাতার নীচে আসতে পারি ?
নিশ্চয়ই পারো, নিক্কী !

আমি কয়েক দিন আগে তোমার থেকে কিছু টাকা ধার নিয়েছিলাম।

এই নাও।

রোদে ঘুরে বেড়াচ্ছ কেন, রনি? আমার ছাতার নীচে চলে এসো।

থ্যাঙ্কস, পিঙ্কী!

নাও, তুমিও চকোলেট খাও!

বাহ! রনি নিজের ভাগের চকোলেট আমাকে খাওয়াচ্ছ?!

বাহ! এই ছাতার জবাব নেই!

রপট কাকু! রোদ থেকে বাঁচতে চাইলে আমার ছাতার নীচে চলে আসুন।

থ্যাঙ্কস্, পিঙ্কী!

আমি এক নতুন গেম এনেছি। যখনই খেলার ইচ্ছে হবে, আমার বাড়ী চলে এসো।

এই ছাতাটা তো কামাল করে দিয়েছে।

সন্ধ্যায়...!
এটা সত্যিই ম্যাজিক-ছাতা!

এই ছাতা কামাল করে দেখিয়েছে।

আমি পিঙ্কীকে বুদ্ধু বানাচ্ছিলাম... সংযোগ বশতঃ ওর সাথে আজ ভ‍্যালো ঘটনাই ঘটেছে।

সেটাও এই ছাতার কারণে।

সত্যিই কি এই ছাতার কারণে কেউ কারও পেছনে পড়তে পারে?
ফাঁ ! !

ফাঁ ! !
বাঁচাও !

তোমার পেছনে ষাঁড়... নিশ্চয়ই তোমার ম্যাজিক-ছাতার কামাল !
© PRAN'S FEATURES

28

পিঙ্কী গুরুতর রোগ

তোমাকে এত চিন্তিত দেখাচ্ছে কেন, ভোলু পালোয়ান ?
আমার পায়ের রং হঠাৎ কে জানে কেন নীল হয়ে যেতে লেগেছে।

ওহো ! শরীরের কোন অঙ্গ একমাত্র তখনই নীল হয়, যখন সেই অঙ্গে বিষ ছড়িয়ে পড়ে।

এটা কোন গুরুতর রোগ মনে হচ্ছে।

আমি এখুনি এর চিকিৎসার ব্যাপারে জেনে আসছি।

আমার দাদুর পুরোন ঘরোয়া চিকিৎসার এই বইটা কবে কাজে আসবে ?

এতে তোমার নীল হয়ে আসা পায়ের চিকিৎসা লেখা আছে।

খরচ একটু বেশী করতে হবে।
কোন ব্যাপার নয়।

শীঘ্রই...!
দশ হাজার টাকা লেগে গেল।
তাতে কি হয়েছে ?

এতে তোমার পায়ের নীল ভাব দূর হয়ে পড়বে।

কিছুদিন পরে...!
কি হয়েছে ?

আমার পায়ের নীল ভাব এখনও যায়নি।
ওহো ! মনে হচ্ছে এটা কোন গুরুতর রোগ।

এতে এই রোগের চিকিৎসার জন্য এক তেল লেখা আছে। একটু দামী... কিন্তু খুব কাজের !

আমি ওটা এখুনি কিনে আনছি।

শাবাশ! এবার এই তেল ভালো করে পায়ে মালিশ করো।

ঠিক হয়ে যাবে।

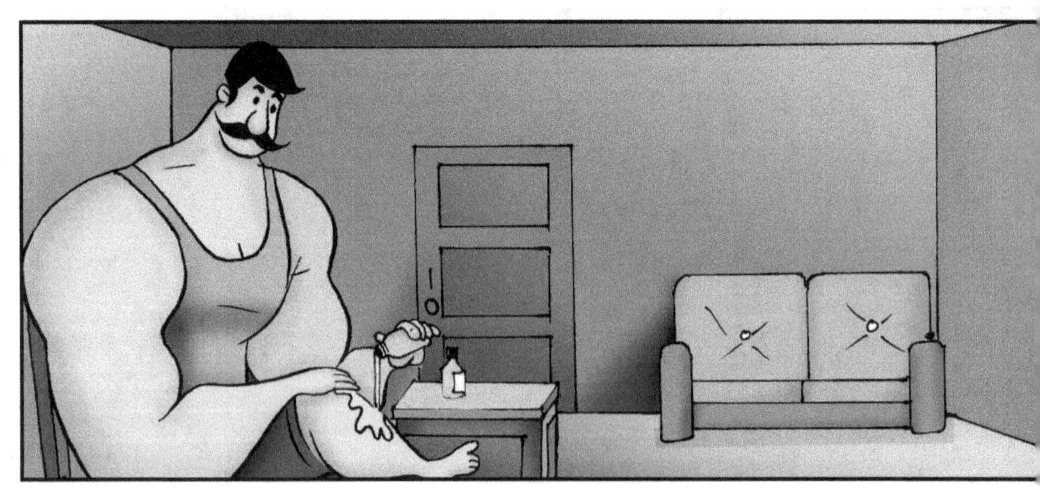

বু হু হু!
এবার আবার কি হল, ভোলু পালোয়ান ?

দেখো !

তোমার পায়ের রং দেখে একটাই নিষ্কর্ষ বার হচ্ছে।

তোমার লুঙ্গি থেকে নীল রং বার হয়ে তোমার পায়ে লাগছে।

পিঙ্কী উইংগ্লো

পিঙ্কী, কোথায় তুমি ?
আপনার ঘরে !
দেখো, কোন দুষ্টুমি করবে না। যে কোন কাজ করার আগে আমাকে জিজ্ঞাসা করে তবে করবে।

হ্যাঁ, দাদু !

শীঘ্রই...!
মনে হচ্ছে দাদুকে জিজ্ঞাসা করতে হবে।

দাদু!
পিঙ্কী! আমি জরুরী কাজ করছি... বিরক্ত কোর না!

দাদু, ঐ...!
আচ্ছা... তাড়াতাড়ি বলো, কি ব্যাপার?

দাদু, উইণ্ডো খুলছে না।

ব্যস্... এই ব্যাপার? কিছুটা তেল গরম করে লাগিয়ে দাও, খুলে যাবে।

দাদু, এ্র...
দেখো পিঙ্কী, বেশী প্রশ্ন করে আমার সময় খারাপ কোর না।

যাও... যেমনটা বললাম, তেমনটা করো।

ঠিক আছে।

শীঘ্রই...!
দাদু!
পিঙ্কী, তুমি ?

বলো, এবার আবার কি হয়েছে ?
দাদু, উইন্ডো এখনও খুলছে না।

তেল লাগানোর পরেও খুলছে না ?
না !

তাহলে এক কাজ করো... আস্তে-আস্তে চাপড় মারো, খুলে যাবে।
কিন্তু দাদু, ওটা...!

পিঙ্কী !
স্যরি, দাদু ! আমি যাচ্ছি আর তেমনটাই করছি, যেমনটা আপনি বলছেন।

গুড গার্ল !

শীঘ্রই...!
ছনাক্ ক্ !!
আরে !

কে জানে, পিঙ্কী আবার কি ভাঙল ?!

হে ভগবান... আমার ল্যাপটপ !

তুমি ল্যাপটপ ভাঙলে কেন, পিঙ্কী ?
আমি তো এটারই উইন্ডো খোলার চেষ্টা করছিলাম। আপনিই তো প্রথমে এর ওপরে তেল লাগানোর পরামর্শ দিয়েছিলেন...।

... তারপর চাপড় মারার। এসব আপনার পরামর্শেরই ফল !

হে ভগবান ! আমি কি করে জানব যে, তুমি ল্যাপটপের উইন্ডোর কথা বলছ !

পিঙ্কী
বাবা কলন্দর

শুনুন... শুনুন!
আপনাদের সবার প্রতিটি
মনোকামনা পূরণ করবেন
বাবা কলন্দর!

বাবা! আজ আমার
ক্রিকেট ম্যাচ আছে।
বৎস! বাবা কলন্দরের
প্রসাদ খেলে তুমি সেঞ্চুরী
হাঁকাবে। দাম ফী টাকা।

এই নিন টাকা...
প্রসাদ দিন!

সুবর্ণ সুযোগ! প্রসাদ গ্রহণ
করুন আর সফলতা অর্জন
করুন।
পিঙ্কী! আমাকেও
বাবার প্রসাদ দাও।
চম্পু, তুমি
আমার
সাথে
চলো।

নাও, বৎস! এটা খাও... তোমার
জয় হবে।

সরাট্ ট্ টে!!

ধ্ড়াক ক্ ক্!!

আউট!
এ্যাঁ ? এটা কি করে হল ? ? বাবা কলন্দর তো বলেছিলেন যে, আমি 100 রান করব। আমি ওনার প্রসাদ খেয়েছি।

আর আমি ডবল প্রসাদ খেয়েছি। আমি বাবাকে ৫০ টাকা দিয়েছি, উনি আমাকে প্রথম বলেই ব্যাটসম্যানকে আউট করার আশীর্বাদ দিয়েছিলেন।
তাই ?

পালাও !

পিঙ্কী
পপ্‌ সিঙ্গার

পিঙ্কী! আমাকে কেমন দেখাচ্ছে ?
চম্পু ! তুমি নিজের এ কী হুলিয়া বানিয়ে রেখেছ ?

আমি হচ্ছি ভারতের মাইকেল জ্যাকসন ! পপ্‌ সিঙ্গাররা দেখতে একটু আলাদা হয়।

আমার নতুন গান শোন। আমার নাম পাগল ঝল্লা... জেগে উঠেছে বাগড় বিল্লা...!

এসেছে দেখো মাইকেল... তার পাংচার সাইকেল ! রক-এন্‌-রোল... বাজাও তবলা আর ঢোল !

বাহ্‌ ! তোমার মত সিঙ্গারের তো বিদেশে পারফর্ম করা উচিত।

এই নাও বিদেশ যাত্রার টিকিট। ওখানে গিয়ে নিজের গান শুনিয়ে ঝড় তুলে দাও!
থ্যাঙ্কস্! আপনি সত্যিই সঙ্গীতের কদর বোঝেন।

আমার এসি কার তোমাকে এয়ারপোর্ট পর্যন্ত ছেড়ে দেওয়ার জন্য রেডী!

বায়! বায়!! মাইকেল জ্যাকসন জুনিয়র।
ওখানে তুমি কাউকে ডিস্টার্ব করবে না।
রাজা সাহেব! আপনি ওকে কোথায় পাঠালেন?

যেখানে ঐ বেসুরো গায়ক কারও শান্তি ভঙ্গ করতে পারবে না।
এমন কোন্ জায়গা আছে?

ঐ ফ্লাইট ওকে সাহারা মরুভূমিতে ছেড়ে দেবে। সেখানে ওর কানের পর্দা ফাটানো গান শোনার মত কেউ থাকবে না।

পিঙ্কী
ব্যাডমিন্টন

যাও, বাইরে গিয়ে খেলো।
সারাক্ষন টি.ভি. দেখতে
থাকলে ইলেক্ট্রিকের বিল বেশী
আসবে।

সিঙ্কী! তুমি সব সময়
কেবল খেতেই থাকো...
তোমার ব্যায়াম করা উচিত।

খাবার খেলে দাঁতের ব্যায়াম হয়।

এসো, আজ আমরা
ব্যাডমিন্টন খেলি।
ক আছে...
যখন বলছ
খেলছি।
CLUB

ডপ প!!

নাও, সামলাও আমার স্ম্যাশ!
ষ্টাক ক্!!

শয়তান মেয়েরা! তোমরা ক্লাবের নেট ফুটো করে দিয়েছ।

সিল্কী... পালাও!

এই নিন ফংওওও টাকার বিল। অর্ধেক আপনি আর অর্ধেক সিল্কীর মা দেবেন
বিল?
হ্যাঁ... পিঙ্কী আর সিল্কী ক্লাবের ব্যাডমিন্টন নেট ফুটো করে দিয়েছে।

পিঙ্কীর ড্রামা

ফিরিঙ্গীদের দল! ভারতীয়দের দুর্বল মনে কোর না। এই দেশের প্রতিটি বাচ্চা মাতৃভূমিকে রক্ষা করার জন্য নিজেদের প্রাণ দেওয়ার জন্য প্রস্তুত!

আমরা তো তোমাদের দেশ দখল করার জন্য যাইনি... তবুও তোমরা আমাদের দেশ হাতাতে কেন এসেছ?

মনে রেখো... তোমরা এখানে টিকতে পারবে না। তোমাদের আমাদের দেশ ছেড়ে চলে যেতেই হবে।
পিঙ্কী লাইট পোস্টের সাথে কথা বলছে!? ও কি পাগল হয়ে গেল না কি?

পিঙ্কীর এই পাগলামীর ফোটো তুলে নিলে কেমন হয়? সেই ফোটো আমি সব ফ্রেন্ডের সাথে শেয়ার করব আর সবাই পিঙ্কীর মজা ওড়াবে।

তোমরা আমাদের যুদ্ধের ধমকী দিচ্ছ? আমরা কাপুরুষ নই!
একটু কাছে গিয়ে ফোটো নিতে হবে।

ফিরিঙ্গীর দল...
নিজেদের দেশে
ফিরে যাও!

তখনই!
ষ্টাক ক্!!

ধপ প!!

পিঙ্কী! তোমার ডাণ্ডা আমার ক্যামেরাকে ভ
ঙার হাত থেকে বাঁচিয়ে নিয়েছে... নয়তো ঐ বল
সোজা আমার ক্যামেরায় এসে লাগত।
গারো... তুমি?

আমি তোমার লাইট পোস্টের সাথে কথা বলার
ফোটো তুলতে চাইছিলাম... আমি এটাকে তোমার
পাগলামী মনে করেছিলাম।
ওটা আমি ড্রামার রিহার্সা
ল দিচ্ছিলাম।

www.chachachaudhary.com

কনস্টেবল গোঁতকা ! আমি এক চোরকে দেখেছি।
কোথায় ?

কিছুক্ষন আগে ও এখানেই ছিল।
আমাকে বুদ্ধু বানাচ্ছ
কর্পোরেশন ডুস্টবিন

আঁক-ছি ! !
হাঁচির শব্দ ! ঐ চোরটার সর্দ্দি লেগেছিল।

ঐ যে ও !
নীচে নেমে এসো !

থ্যাঙ্কস্, পিঙ্কী ! এবার আমার প্রোমোশন হয়ে পড়বে।

9 789385 856549